COIN DU FEU

POUR

UN SOIR DE L'ANNÉE

1861

Jetons l'œuvre à la mer, la mer des multitudes.
(C. ALFRED de VIGNY, *Revue des Deux-*
Mondes du 1ᵉʳ février 1854.)

<hr>

PARIS

Mme MOREAU, LIBRAIRE-ÉDITEUR

ANCIENNE MAISON DELAUNAY

Palais-Royal, péristyle Valois, 182 et 183.

COIN DU FEU

POUR

UN SOIR DE L'ANNÉE

1861

Jetons l'œuvre à la mer, la mer des multitudes.
(Cte ALFRED de VIGNY, *Revue des Deux-Mondes* du 1er février 1854.)

PARIS

Mme MOREAU, LIBRAIRE-ÉDITEUR

ANCIENNE MAISON DELAUNAY

Palais-Royal, péristyle Valois, 182 et 183

Paris. — Imp. Emile Voitelain et Cᵉ, rue J.-J.-Rousseau, 15.

COIN DU FEU

UNE PLACE AU SOLEIL.

. . . .

Esprits chagrins dont l'humeur ne supporte
A ses côtés, supérieurs, égaux,
Auteurs jaloux qui verrouillez la porte
Pour empêcher que n'entrent des rivaux,
Laissez passer le mérite des autres
Il ne doit pas troubler votre sommeil,
Car ses produits ne nuiront point aux vôtres :
Laissez à tous une place au soleil.

. . . .

(Journal de l'arrondissement de Valognes.)

LE SOUVENIR.

D'où viens-tu, toi qui planes,
Comme un fils des brouillards,
En vapeurs diaphanes,
T'offrant à nos regards?
Quelle est donc ta nature,
Est-elle ange ou démon?
Réponds-moi, je t'adjure,
Dis-moi quel est ton nom?

De l'ossuaire immense
Des temps qui ne sont plus,
Subissant ta puissance,
Tes ordres absolus,
Quand tes appels commandent
A ces gouffres profonds,
Les portes qui t'entendent
Se meuvent sur leurs gonds.

Mille fantômes laissent
Leur séjour à ta voix,

Devant nous apparaissent
Évoqués à ton choix,
Et ces légères ombres
Promptes au rendez-vous,
Ou riantes, ou sombres
Défilent devant nous.

Tantôt ce sont les scènes
D'un grand événement
Que devant nous tu mènes,
Habile nécromant ;
Tantôt c'est une image
Qui fait couler nos pleurs ;
Tantôt un doux visage
Tout encadré de fleurs.

Ainsi de notre vie
Et de celle des temps,
Ta voix personnifie,
Anime les instants ;
L'auteur de ce spectacle
Est-il ange ou démon,
Toi qui fais ce miracle,
Dis-moi quel est ton nom ?

Chut!... il va me répondre,
J'entends un bruit diffus
Qui semble se confondre
Aux sons dans l'air perdus.
Eh bien! tu vas connaître,
Curieux, me dit-il,
Et mon nom et mon être,
Le vent est moins subtil.

Mon essence, ô merveille!
Est un soupir du cœur,
Du passé qui sommeille
Un souffle visiteur;
J'unis d'une étincelle,
Le passé, l'avenir,
J'accours quand on m'appelle:
Je suis le Souvenir.

(Journal de l'arrondissement de Valogne

L'IMAGINATION.

Où vas-tu, leste voyageuse,
Sur ton char que portent les vents,
Et dans ta course aventureuse,
Roulant sur tous les éléments?
De ta chevelure ondulante,
L'air fait flotter les longs anneaux,
Et de ta gorge haletante
Il caresse les soubresauts.

Où vas-tu sur ton char de flammes,
Avec tes coursiers indomptés,
A ta suite entraînant les âmes,
Les cœurs, les esprits emportés?
Tu les élèves dans l'espace,
Leur faisant traverser les cieux,
Ou du globe et de sa surface,
Tu leur fais courir tous les lieux.

Où vas-tu, tantôt en désordre,
Laissant tes voiles au zéphir,

S'envoler, s'allonger, se tordre,
Et tes charmes se découvrir ;
Tantôt de ta fièvre électrique,
L'accès plus calme devenu,
Ramenant le voile pudique
Sur ton corps qui se trouvait nu ?

Où vas-tu, de mille caprices,
Jetant les germes sur tes pas,
Faire éclore sous tes auspices
Les plus surprenants résultats ?
Je te vois rieuse ou sévère,
Et sage ou folle tour à tour,
Proclamer la morale austère
Ou les voluptés de l'amour.

Où vas-tu, qui pourrait le dire,
Répondre à cette question ?
Où vas-tu, reine du délire,
O folle imagination ?
Vagabonde magicienne,
Tu nous montres par ton pouvoir,
Sous une forme aérienne,
Les objets que tu nous fais voir.

Où vas-tu, toi, sœur du génie,
Reine trônant avec ce roi ?
Ton souffle, c'est la poésie
Qui ne peut exister sans toi ;
Son auréole lumineuse,
Sur son front, c'est toi qui la mets,
A ta baguette merveilleuse
Elle doit ses plus vifs reflets.

Où vas-tu, sans craindre l'outrage
Des hivers qui font tressaillir,
Des coups du sort, ni de l'orage,
Ni des ans qui nous font vieillir ?
Toujours, divine enchanteresse,
A tout, quand même, tu survis ;
Ton inaltérable jeunesse
Brille encor parmi des débris.

Où vas-tu ? ma plume s'arrête,
Pourquoi donc te questionner ?
Vole de conquête en conquête,
Je ne puis qu'ambitionner
Un regard, ô puissante reine,
Un seul regard inspirateur.

Salut ! brillante souveraine !
Je suis ton humble serviteur.

(La Gazette vendéenne.)

L'ESPÉRANCE.

Reste avec moi, beauté céleste,
Dont la présence est mon bonheur,
Que tu m'es chère ! reste, reste,
Remplis mon esprit et mon cœur ;
Sois-moi prodigue de caresses,
Et ma lyre va publier,
Que tes baisers ont des ivresses
Qui peuvent tout faire oublier.

Le brillant nuage que dore
Au matin l'éclat du soleil,
Celui que, le soir, il colore
De gris, pourpre ou rose vermeil,

Ne sont-ce point là des mirages
Aux cieux réflétant tes atours,
Et d'enchanteresses images
Que l'œil aime à suivre toujours?

Mais sans tes parures splendides
Toujours belle tu m'apparais,
De te voir mes yeux sont avides,
Je brûle d'admirer tes traits.
Oh! tu sembles ma bonne étoile,
Viens à moi, ne t'éloigne pas,
Viens parée, ou viens sans nul voile,
Viens! je t'aime et t'ouvre mes bras!

Que tes charmes dans mes pensées,
Offrent de séduisants tableaux!
Avec toi les heures passées
Ont des bonheurs toujours nouveaux,
Et la nuit combien d'heureux rêves
Je fais quand avec toi je dors,
Que, souriante, tu soulèves
Le voile couvrant tes trésors!

Fille du ciel, douce espérance,
Tu plais également à tous!

Nous t'adorons aux jours de chance,
Et si le sort est contre nous,
Ta main vient panser les blessures
Qu'ont faite les destins cruels,
Endormir douleurs et murmures,
Essuyer les pleurs des mortels.

Devant tous, oh! chacun t'en prie,
Ouvre tes riants horizons,
Où sans fin l'image varie
Comme les produits des saisons;
Que semblables aux flots limpides
Sur le sable des mers glissant,
Elles se succèdent lucides
Par un mouvement incessant.

Las! souvent ce sont des chimères
Que nous voyons s'évanouir,
Les illusions mensongères
D'une voix que l'on croit ouïr.
Eh! qu'importe que le mirage
Fuie alors qu'on veut l'approcher,
Si tu nous donnes le courage
A d'autres de nous rattacher.

En dépit du sec réalisme,
Fille du ciel, règne sur nous,
Nous aimerons ton divin prisme,
Des revers bravant le courroux ;
Viens nous charmer dans cette vie,
Par la douceur de tes attraits,
Et montre-nous l'autre patrie
Où nous devons vivre à jamais.

Oh ! moi, surtout, je t'en supplie,
Moi, ton adorateur fervent,
Fais que jamais je ne t'oublie,
Viens, viens me visiter souvent.
Reste avec moi, beauté céleste,
Je n'existerais pas sans toi,
Tu m'es si chère ! reste, reste,
Espérance ! reste avec moi.

(Journal de l'arrondissement de Valognes.)

PETITS TRAVERS.

Faisant place à la politique,
A la bourse, aux chemins de fer,
A la grimàce dogmatique,
A je ne sais, ma foi, quel air,
Notre antique gaîté Française
A dit, supprimant ses grelots :
Je ne peux plus rire à mon aise,
   Mettons l'arme au repos.

Jadis à la cour, à la ville,
Régnait une aimable gaîté,
On pouvait être un homme habile
Avec l'air de frivolité :
Pour nous ces joyeux caractères
Paraissent très hors de propos,
Brisons l'esprit de nos grands pères,
   Mettons l'arme au repos.

On crie aujourd'hui la romance
Et le couplet sentimental,

Avec l'impossible puissance
D'un gosier vraiment idéal;
On chantait la chanson joyeuse
Étalant sentiments moins beaux,
Ce n'était qu'une radoteuse,
   Mettons l'arme au repos.

On dédaigne la poésie,
Et notre siècle positif
Lui préfère la fantaisie.
Est-ce un progrès ? Oui, négatif;
Homère, Virgile, Corneille
Sont de froids aligneurs de mots,
Les vers ne flattent plus l'oreille,
   Mettons l'arme au repos.

On voit partir dans la fumée
Que partout répand le tabac
Notre élégance parfumée,
Courtoisie est mise au vieux sac,
On a banni l'antique aisance
Et le sans-façon est éclos,
Au bon goût on a dit en France :
   Mettons l'arme au repos.

On transforme notre langage :
Vive le club, le turf, le sport,
Le macadam et le drainage,
Du bon goût c'est le passe-port ;
Dignes de ce jargon bizarre
On fait des usages nouveaux,
Le goût distingué fuit, s'égare,
    Mettons l'arme au repos.

L'équitation et la chasse
De l'art laissent les agréments,
Du jour le progrès les remplace
Par de primitifs errements,
Tout le talent, c'est la vitesse ;
De nos chiens et de nos chevaux,
Fi ! de l'ancienne et belle espèce,
    Mettons l'arme au repos.

La femme, ce charmant modèle
Et de la grâce et du bon goût,
Aux traditions infidèle
Las ! se métamorphose en tout !
Contre le charme des manières,
Mesdames, cessez vos complots,

Des habitudes cavalières,
    Mettons l'arme au repos.

On va me dire : Esprit morose
Qui nous régentez dans vos vers,
Mêlez-vous de toute autre chose
Laissez le siècle et ses travers.
J'y consens, du monde comique
Je ne veux plus voir les fagots,
Cessons le rôle de critique,
    Mettons l'arme au repos.

(Journal de l'arrondissement de Valognes.)

SI J'ÉTAIS !!!

Si j'étais l'Océan qui chante
En roulant, calme, ses flots bleus,

Que l'éclat du jour diamante
Des étincelles de ses feux,
Je dirais ton nom aux rivages,
Aux algues couvrant les rochers,
A la tour gardienne des plages,
Aux ports refuge des nochers.

Si j'étais le soleil qui brille
Inondant l'éther de clartés,
La lune pâle qui scintille
Sur les flots par elle argentés,
En traits lumineux dans l'espace,
J'écrirais un poème entier,
Pour chanter ta beauté, ta grâce,
Dans l'univers les publier.

Si j'étais la blanche nuée
Qui prend mille aspects en courant,
Que l'on croirait être une fée
A son gré se transfigurant,
Je choisirais forme durable,
Forme charmante, et ce serait
La tienne, sylphide adorable,
Qui, là haut, se retracerait.

Si j'étais l'aube matineuse
Prodiguant aux fleurs son écrin,
De même qu'elle est orgueilleuse
De les embellir de sa main,
Je voudrais dans ta chevelure,
Placer la perle et le saphir,
Sur ton cou mettre une parure
Qui ferait envie au visir.

Si j'étais l'oiseau qui module
De si flexibles chants d'amour,
Qui les commence au crépuscule
Et les finit au point du jour,
Je quitterais, ma belle amie,
Pour toi le feuillage des bois,
Et je te voudrais endormie
Aux sons caressants de ma voix.

Si j'étais le roi qui commande
Aux peuples, ses nombreux sujets,
Je te rendrais puissante et grande
Bien au delà de tes souhaits ;
Je te voudrais, comme moi-même,
Au-dessus des autres humains,

Portant aussi le diadème
Qu'on voit au front des souverains.

Si j'étais l'ange, enfin, qui veille
Auprès de toi pour te garder,
Tes moindres vœux à mon oreille
Arriveraient, et sans tarder,
Messager tout rempli de zèle,
Franchissant les divins parvis,
J'irais porter, toujours fidèle,
Tes prières au paradis.

(L'Abeille cauchoise.)

ÉPILOGUE.

Peut-être l'on m'appliquera,
Le vers de l'auteur satirique,
Et que la railleuse critique
En ricanant me jettera :
— « Mais, cette idée est saugrenue,

« Poursuivre de ses vers les passants dans la rue! »

— Possible ; mais on ne vend pas
La poésie, et dans ce cas,
Cher public, moi, je vous la donne :
Cette idée est-elle bouffonne ?
Je la trouve logique ; eh bien !
Suis-je en l'erreur ? Je n'en crois rien.
Car, à la lettre j'ai dû prendre
Ce que mon épigraphe dit,
D'après un auteur plein d'esprit,
Et, ce conseil, pour le répandre,

L'accueillit un grave journal,

Qui va semant dans les deux mondes,

Ses cahiers aux pages fécondes

En enseignement magistral :

Or donc, si l'on me jette un blâme,

En vérité je me réclame

De ceux dont j'ai pris le conseil ;

Je les déclare solidaires ;

La justice en toutes affaires,

Inflige un jugement pareil,

Comme également condamnable,

A l'instigateur, au coupable.

On trouve cnez Madame Moreau
tout ce qui concerne la librairie :
Histoire, Philosophie, Arts, Sciences,
Littérature, Romans et toutes les
Publications nouvelles.

On trouve chez Madame MOREAU
tout ce qui concerne la librairie :
Histoire, Philosophie, Arts, Sciences,
Littérature, Romans et toutes les
Publications nouvelles.

Paris. — Imp. ÉMILE VOITELAIN et Comp.